AF388799

INSTITUT DE FRANCE.

ACADÉMIE DES BEAUX-ARTS

NOTICE

SUR LA VIE ET LES ŒUVRES

DE

M. CHARLES GARNIER

PAR

M. C. MOYAUX

MEMBRE DE L'ACADÉMIE

Lue dans la séance du 22 avril 1899

PARIS

TYPOGRAPHIE DE FIRMIN-DIDOT ET Cie

IMPRIMEURS DE L'INSTITUT DE FRANCE, RUE JACOB, 56

M DCCC XCIX

INSTITUT
1899 — 12.

INSTITUT DE FRANCE.

ACADÉMIE DES BEAUX-ARTS

NOTICE

SUR LA VIE ET LES ŒUVRES

DE

M. CHARLES GARNIER

PAR

M. MOYAUX

MEMBRE DE L'ACADÉMIE

Lue dans la séance du 22 avril 1899

MESSIEURS,

Ceux qui passaient rue Mazarine, il y a soixante ans, pouvaient voir, au n° 32, dans l'atmosphère enfumée d'une petite forge, tirant le soufflet, le visage éclairé par la lueur du foyer, un tout jeune apprenti dont la nature délicate, la physionomie originale et intelligente devaient attirer l'attention : cet apprenti était Jean-Louis-Charles Garnier.

Charles Garnier eut en effet l'origine la plus humble. Il vint au monde, le 6 novembre 1825 (1), dans une vieille

---

(1) « Du sept novembre mil huit cent vingt-cinq, à deux heures du soir. Acte de naissance de Jean-Louis-Charles, du sexe masculin, né hier, à dix

maison de la populaire rue Mouffetard, où son père,
André Garnier, ouvrier forgeron, né à Saint-Calais (Sar-
the), était venu demeurer après le traditionnel tour de
France et son mariage avec Félicité Colle, dentellière,
née à Paris, fille d'un Lorrain, ancien capitaine de l'Em-
pire, sorti du rang.

Peu après la naissance de son fils, M. André Garnier
quitta la rue Mouffetard pour s'établir rue Monsieur-le-
Prince et mit le petit Charles, dès qu'il sut lire, à l'école
primaire du quartier. L'enfant y resta jusqu'à sa première communion et fut ensuite mis en pension, pendant
deux ans, à Bellême, dans l'Orne.

Entre temps, le forgeron de la rue Monsieur-le-Prince
avait ajouté à son métier celui de carrossier et s'était in-
stallé rue Mazarine, pour y confectionner les petites voi-
tures, dites *coucous,* qui faisaient le service de transport
de la place Saint-Michel, aujourd'hui place Médicis, à
Sceaux. C'est donc rue Mazarine que Charles Garnier, au

---

heures du matin, à Paris, rue Mouffetard, n° 264, et à nous présenté ; fils de
Jean-André Garnier, âgé de vingt-neuf ans, forgeron, et de Louise-Fran-
çoise-Félicité Colle, âgée de vingt-trois ans, son épouse, demeurant comme
dessus. Les témoins sont : Éloi Bruyer, âgé de soixante-douze ans, rentier,
demeurant rue du faubourg Saint-Jacques, n° 7, et François-Joseph Lacour,
âgé de soixante-quatre ans, sellier, demeurant rue d'Enfer, n° 61. Sur la
réquisition faite à nous, maire du douzième arrondissement, par ledit Garnier, père présent, qui a signé avec les témoins et nous, lecture faite du
dit acte. Signé : Garnier, Bruyer, Lacour et Cochin, maire. Pour copie conforme enregistrée. Paris, le douze novembre mil huit cent vingt-cinq. Le
maire du douzième arrondissement, signé : de Tozière, adjoint, admis par la
Commission (Loi du 12 février 1872). Le membre de la Commission, signé :
Gallois. Pour expédition conforme, Paris, le dix-neuf janvier mil huit
cent quatre-vingt-dix-neuf. »

retour de Bellême, alors âgé de treize ans, retrouva son père et se mit en apprentissage.

Ses parents devaient bientôt s'apercevoir, non sans regret, qu'il n'aurait jamais la robuste complexion qu'exige le dur métier qu'ils voulaient lui apprendre. Mme Garnier avait entendu dire que celui d'architecte-vérificateur était beaucoup moins dur, qu'on y pouvait gagner jusqu'à six francs par jour. Gagner six francs par jour fut désormais l'idéal qu'elle rêva pour son fils. Elle trouva le patron désiré, mais il entendait à sa façon les premiers éléments de l'architecture : il s'agissait de faire les commissions, de fendre le bois à brûler, de mettre le vin en bouteille... Le futur architecte de l'Opéra se demanda si c'était là tout le secret pour devenir architecte : il en eut vite assez.

Confidents de ses doutes et de sa désillusion, M. et Mme Garnier le placèrent alors dans la bonne institution Demoyencourt, rue de l'Ouest. Il y allait l'après-midi et travaillait le matin et le soir à l'école de dessin de la rue de l'École-de-Médecine. Chez M. Demoyencourt, il eut pour camarade notre éminent confrère M. Jules Thomas : ils devaient remporter le Grand-Prix de Rome la même année, partir ensemble pour l'Italie, et se retrouver à l'Institut, fidèles et inséparables amis.

A quinze ans, Charles Garnier se lance résolument, le goût lui en étant venu avec ses nouveaux maîtres, dans la carrière qu'il devait parcourir avec tant d'éclat. Il entre à l'atelier Léveil. Il n'y reste que trois mois, l'atelier ayant été fermé, et se présente chez Hippolyte Lebas, membre de l'Institut, où il rencontre André, Louvet et Ginain, dont il allait être bientôt l'émule à l'Ecole des Beaux-Arts.

Un même succès devait, quelques années plus tard, les réunir à la Villa Médicis.

André, de six ans plus âgé que Garnier, s'intéresse à son jeune camarade qui se rappela toujours volontiers les services que lui rendit cet excellent homme, à ses débuts son vrai professeur, car M. Lebas s'occupait plutôt de ses anciens élèves et laissait à ceux-ci le soin de diriger les nouveaux.

M. Lebas n'en avait pas moins reconnu en Charles Garnier les caractères d'une nature d'élite : « Ce sera un Grand-Prix », disait-il à Mme Garnier. La prédiction du maître se réalisa plus tôt qu'il ne l'eût pensé ni peut-être souhaité. M. Lebas, dont j'ai aussi l'honneur d'être l'élève, était d'avis qu'il n'est pas bon, pour l'architecte, d'aller trop jeune à Rome. Il estimait, avec raison, que l'étude des chefs-d'œuvre de l'antiquité, pour être profitable, exige, des mieux doués, une plus longue initiation. Mais il comptait sans l'intelligence prodigieuse et le don d'assimilation qui mettaient Charles Garnier au-dessus de la règle commune.

Deux ans après son entrée à l'atelier Lebas, à dix-sept ans, il est reçu à l'École des Beaux-Arts le onzième sur quatre-vingt-neuf admis. Jusque-là ses parents ont pu faire les sacrifices que nécessitaient ses études ; mais un nouvel enfant vient augmenter les charges de la famille, Charles Garnier a le devoir de se suffire dans la mesure de ses moyens. Il trouve du travail et gagne soixante-quinze centimes l'heure, chez l'incomparable dessinateur de l'architecture du moyen âge, Viollet-le-Duc. Tout en s'occupant d'art gothique, Garnier continue ses études classiques à l'École des Beaux-Arts. En 1846, il se fait recevoir en première classe.

Chose curieuse à constater, il ne se distingua ni en mathématiques, ni en construction, ni même en architecture, sauf la seule fois où il remporta le Grand-Prix. A Rome seulement, dans cette Rome où les grands maîtres du XVe et du XVIe siècle avaient donné l'exemple d'une si admirable universalité de génie, leur jeune disciple sentit s'éveiller en lui la noble passion de savoir et le besoin de développer en tous sens une intelligence à laquelle rien d'humain ne demeurerait étranger.

En 1846, il est admis en loge. Moins heureux l'année suivante, il est reçu pour la seconde fois en 1848. Ce ne fut pas sans de graves préoccupations qu'il entreprit le concours : son père venait d'être ruiné par le chemin de fer de Sceaux qui avait supprimé les *coucous*. Charles Garnier, laissé à lui-même, allait être obligé de gagner sa vie et d'abandonner ses études s'il n'obtenait le Grand-Prix.

Le sujet du concours était un Conservatoire des Arts et Métiers. A cette époque, on étudiait pour le rendu l'esquisse d'admission ; autrement dit, les logistes n'avaient pas, comme aujourd'hui, à faire une nouvelle esquisse. Admis le troisième, Garnier était ainsi assuré que sa composition avait été jugée l'une des meilleures par ceux-là mêmes qui devaient juger le projet rendu. Dans ces conditions, son succès dépendait du parti qu'il allait tirer de sa composition, par l'étude, et de son habileté à rendre sa pensée. Le résultat, au dire de ses concurrents, aurait dû le satisfaire. Cependant, quand il vit que ceux qui semblaient le redouter avaient compris tout autrement le programme, il ne put se défendre d'un accès de désespoir que rien ne justifiait.

Notre confrère, M. Thomas, qui venait d'obtenir le Grand-Prix de sculpture huit jours avant le jugement d'architecture, me racontait que Garnier, le jour de ce jugement, était assis anxieusement sur le banc de la colonne placée au centre de la cour de l'École. Le voyant si malheureux, M. Thomas tenta de le distraire ; mais Garnier ne l'écoutait pas. Il restait agité, la figure décomposée, les yeux fixés sur une fenêtre du palais. Tout à coup, au signal convenu qu'un gardien lui faisait du premier étage, Garnier s'élança les bras ouverts sur son ami, qui, n'ayant rien vu, ne comprenait pas et le croyait fou : « J'ai le prix, lui cria-t-il, nous partirons ensemble pour Rome ! » Il n'avait pas encore atteint sa vingt-troisième année. Dès lors, l'esprit tranquille et confiant dans l'avenir, il fait ses préparatifs de départ et se met en route pour l'Italie.

Il arrive à Rome à la veille de la proclamation de la République et du siège de la ville par l'armée française. La Villa Médicis allait être envahie par les républicains cosmopolites qui avaient adopté ce point de résistance contre les assiégeants. Les pensionnaires français seraient ainsi devenus des otages qu'il eût été trop facile d'accuser de connivence avec leurs compatriotes. Pour éviter les complications, le directeur de l'Académie, M. Alaux, prit le parti de se réfugier à Florence avec sa petite colonie.

C'était un grand ennui pour ceux qui devaient abandonner leurs travaux entrepris à la Villa ; mais Garnier, qui désirait travailler à Florence et n'avait pas l'argent du voyage, y trouva son compte. Il put ainsi, pendant deux mois, jusqu'à la prise de Rome par notre armée, faire des dessins et de nombreux croquis dont le plus grand nombre vient d'être offert par Mme veuve Garnier à la bibliothèque de l'École des Beaux-Arts.

Rentré à Rome, Garnier tient à s'acquitter avec exactitude de ses obligations de pensionnaire. Le Forum de Trajan, le temple de Vesta, merveille d'élégance bien faite pour tenter cet élégant esprit, lui fournissent les sujets de ses deux premiers envois annuels, où l'Académie constate, en dépit d'une inexpérience excusable en un si jeune auteur, des qualités pleines de promesses. Elle accueille avec une approbation sans réserve l'envoi de troisième année, étude du temple de Sérapis, à Pouzzoles, et loue vivement un choix que rendent doublement heureux le mérite du monument lui-même et la prompte disparition dont le menace un sol qui s'affaisse. L'expérience est enfin venue au jeune architecte qui va l'affirmer encore dans son envoi de quatrième année.

Tous ces envois n'empêchaient pas d'autres travaux de moindre importance exécutés en voyage dans le nord et le sud de l'Italie, en Sicile, en Étrurie, aux environs de Rome, à Rome même. Garnier fit en particulier, pour le duc de Luynes, le relevé des monuments de la maison d'Anjou en Italie, relevé dont les minutes cotées et coloriées sont à la bibliothèque de l'École des Beaux-Arts.

A tant de travaux, Garnier trouvait un délassement dans les saillies d'une gaieté spirituelle admirablement servie par une plume alerte et toujours prête. Ses comédies-pochades égayaient les fêtes de l'Académie; ses chansons, où ne manquait jamais le couplet perfide qui visait quelque amélioration souhaitée dans le mobilier des pensionnaires, faisaient merveille aux dîners présidés par M. et Mme Alaux. En carnaval, pour le bal du directeur, sa fantaisie triomphait dans l'invention de costumes coûtant, nécessairement, plus d'imagination que d'argent. Chacun s'y ingéniait : Garnier, qui avait le goût du chatoyant, excellait dans le genre oriental et son habileté à fabriquer des joyaux avec des marrons d'Inde dorés et des verroteries défiait toute concurrence. On en peut juger par les souvenirs conservés dans l'album des pensionnaires, aquarelles de Gustave Boulanger et de Jules Lenepveu, qui sont de véritables petits chefs-d'œuvre d'exécution.

D'autres magnificences moins illusoires captivaient l'ancien petit forgeron. Il recherchait les grandes réceptions romaines dont sa fine et brillante sensibilité, cultivée par l'art, était prête à goûter les élégances. Uniformes éclatants, toilettes princières, éclat de l'or et des diamants rehaussant les beautés les plus nobles et le prestige des plus grands noms, tout cela dans le cadre somptueux des palais, excitaient son admiration jusqu'à l'extase. Entrevoyait-il que, pour une société non moins aristocratique, il aurait à créer un cadre non moins grandiose ? Il est permis de croire que, dans la mémoire de l'architecte de l'Opéra, de tels spectacles porteraient leur fruit.

Ces fêtes n'étaient que les intermèdes du travail. Charles Garnier ne perdait jamais de vue l'art pour lequel il était venu à Rome, pour lequel il allait visiter la Grèce.

Il arrive en vue d'Athènes au commencement de l'année 1852. Jugez de son enthousiasme, vous qui l'avez éprouvé, quand, du pont du bateau, il aperçoit pour la première fois la silhouette de l'Acropole :

« Découvrez-vous, dit-il, dans son *Guide du jeune architecte en Grèce*, découvrez-vous devant les ruines splendides des monuments athéniens! Sans doute vous avez vu bien des tableaux, bien des dessins de l'Acropole, mais que tout cela est loin de la vérité! Plaine de l'Attique, rocher de Minerve, Parthénon, mon cœur bat encore à votre souvenir! c'est en vous voyant que j'ai compris la puissance magique de l'Art et la majesté de l'architecture antique. Est-ce votre beauté seule, est-ce la nature, l'harmonie de vos noms, ou le souvenir de tant de siècles glorieux qui émeut ainsi?... Je ne sais ; mais c'est la seule fois que, trouvant réalisés les rêves de ma jeunesse, j'ai senti que l'esprit seul n'était pas touché en moi : c'était bien l'âme et le cœur, car les larmes s'échappèrent de mes yeux. »

Son émotion fut plus grande encore sur le plateau du célèbre rocher où il vit devant lui le Parthénon, l'Erechthéion et les Propylées avec, à l'horizon, la mer Égée, le golfe Saronique, Salamine, Épidaure et les montagnes de l'Argolide : « Asseyez-vous, mon ami, écrit-il encore, sur le seuil du Parthénon ou au bas des Propylées, et vous ressentirez l'attraction qu'on éprouve au bord de la mer ; vous resterez des heures entières à revoir les mêmes colonnes, à admirer la pureté des lignes, à caresser du regard les courbes gracieuses des lobes et des volutes. La grandeur imposante du Parthénon et des Propylées, l'élégance du temple de la Victoire Aptère et de l'Erechthéion feront naître en vous les plus douces et les plus nobles émotions. »

Il est vraisemblable que Garnier eût préféré s'établir à l'Acropole d'Athènes plutôt qu'à Égine. Mais les trois principaux monuments de l'Acropole avaient fait récemment l'objet de restaurations très remarquables de Paccard, de Tétaz et de Débuisson, il ne pouvait songer à les recommencer. D'ailleurs, le temple d'Égine offrait un intérêt très grand et n'avait pas encore été le sujet d'un projet de restauration. Il est construit en pierre que recouvrait un stuc dont on retrouve des traces très importantes ayant conservé leur coloration. Le travail que Garnier allait entreprendre devait avoir tout au moins le mérite de convaincre ceux qui contestaient encore la polychromie des monuments grecs.

Sa première excursion fut donc à l'île d'Égine. Il faut lire le récit qu'Edmond About fait de ce voyage dans sa *Grèce contemporaine*. Garnier lui-même, dans son livre : *A travers les Arts,* parle de son installation près du temple, dans la masure où il a dû vivre et travailler pendant plusieurs mois, faisant assaut d'esprit et de bonne humeur avec son joyeux compagnon.

La restauration du temple d'Égine fut très goûtée. L'Académie félicita le jeune architecte de s'être consciencieusement acquitté de sa tâche en se conformant d'une façon judicieuse à toutes les notions acquises à la science. Elle fit seulement ses réserves sur la question de la *cella* représentée hypoèthre, question livrée aujourd'hui encore à d'ardentes controverses.

Après un voyage dans le Péloponèse, puis à Constantinople, Garnier revient à Rome et bientôt il rentre en France muni d'expérience précoce et de jeune autorité, mûr pour le succès. Je glisserai, Messieurs, sur ses débuts à Paris, intermèdes de peu d'importance en une telle carrière. Sous-inspecteur aux travaux de restauration de la tour Saint-Jacques et aux travaux de l'École des mines, inspecteur des nouvelles barrières de Paris, architecte des Ve et VIe arrondissements, Garnier ne trouve point dans ces fonctions successives l'aliment d'une activité insatiable et qui, d'instinct, vise au grand. Sa santé s'altère en ces années d'attente ; ses nerfs malades ressemblent aux cordes détendues d'un *stradivarius*, qu'il suffit de retendre pour que l'instrument retrouve son harmonie. Le concours de l'Opéra fut le coup de fortune qui, en lui rendant la santé, lui apporta l'espoir et le désir ardent d'illustrer son nom.

Le concours fut à deux degrés. Malgré le peu de temps accordé, un mois au plus, pour un projet de cette importance, deux cents concurrents y prirent part. Presque tous les architectes en renom envoyèrent des projets à la première épreuve. C'est dire que nombre de compositions étaient très remarquables. Celle de Ginain fut préférée par le jury, celle de Garnier obtint le cinquième rang. Des cinq concurrents primés, trois seulement, Ginain, Garnaud et Garnier, se risquèrent à la seconde épreuve. Cette fois le projet de Garnier fut préféré, Charles Garnier entrait dans la gloire.

Ce que fut son œuvre, vous le savez, Messieurs, et je n'ai que faire de vanter ici, panégyriste indigne d'un tel maître, la merveilleuse puissance créatrice et la géniale imagination qui éclatent en ce plan de l'Opéra, l'un des plus beaux qu'artiste ait jamais réalisés. Sans parler de ce

grand escalier si justement célébré par l'universelle admiration, comment louer dignement la majesté de l'ensemble,
heureux effet des plus ingénieuses dispositions générales,
le brillant du détail, enfin et surtout l'harmonieuse unité
d'un édifice qui du dehors au dedans, de la base au som-
met, porte le cachet de ce talent original où s'allient dans
une si juste mesure, à la noblesse de l'art antique, l'abon-
dance riante et fleurie d'un goût plus moderne ? Mais ce
que je tiens à dire, c'est combien il fallut à Garnier
de conviction, de volonté, d'énergie, pour mener à bien
cette grande œuvre, à laquelle il travailla sans relâche
pendant plus de vingt ans, car les travaux conduits d'abord
avec activité n'avancèrent ensuite que fort lentement.

Les crédits manquaient. Le gouvernement poussait, aux
dépens de l'Opéra, la construction de l'Hôtel-Dieu, et,
soucieux avant tout de popularité, tenait à ouvrir « l'asile
de la souffrance avant le temple du plaisir ». Enfin la guerre
survint qui fit de l'Opéra, pendant le siège, un magasin
de denrées militaires et y causa des dégâts dont la répa-
ration coûta près d'un million. Toutes ces causes réunies
avaient retardé ou interrompu les travaux, et l'édifice eût
sans doute indéfiniment attendu son achèvement sans l'incendie qui détruisit la salle de la rue Le Peletier.

Le nouvel Opéra fut inauguré le 6 janvier 1875. Ce fut
un grand événement artistique et un triomphe pour l'architecte et ses collaborateurs. Charles Garnier, qui avait
été nommé chevalier de la Légion d'honneur pendant les
travaux, en 1864, fut promu officier. Il avait, l'année pré-
cédente, remplacé M. Victor Baltard à l'Institut. Dès ce
jour, toutes les Académies des Beaux-Arts, tous les Insti-

tuts, toutes les sociétés d'architectes de l'étranger, tinrent
à honneur de se l'attacher. Ce qui le toucha surtout, fut le
titre de membre honoraire de l'Institut royal des architectes britanniques et la grande médaille d'or de Sa
Majesté la reine Victoria, distinction la plus enviée des
architectes du monde entier.

On a dit beaucoup de choses injustifiées au sujet de la
dépense du nouvel Opéra. On est allé jusqu'à prétendre
que la construction seulement a coûté 40 à 50 millions. Le
fait est qu'un faux devis, un devis amorce, présenté aux
Chambres, en dépit de Garnier, par le gouvernement
impérial, n'accusait qu'une dépense de 15 millions. Quant
au devis réel, celui de l'architecte, il estimait la dépense
à 33 millions, chiffre qui, d'ailleurs, ne fut pas atteint.

On a dit aussi que Garnier avait dû faire une fortune
considérable. Or, il n'avait que 2 p. 100 d'honoraires et ne
touchait rien pour les dépenses d'œuvres d'art. Pour le
public qui ne connaît que le 5 p. 100, et ne tient aucun
compte des frais qui incombent à l'architecte, il continue
d'estimer que l'Opéra dut rapporter à son auteur au moins
deux millions. Il faut en rabattre de plus des trois quarts
et se demander si ce bénéfice, qu'on ne trouverait point
excessif s'il s'agissait de produits alimentaires, est au-dessus du mérite de l'artiste qui, durant vingt années, consa-
cra toutes les forces de son âme à l'accomplissement d'une
œuvre qui fait tant d'honneur à l'art français.

Certes, la carrière de Garnier était déjà bien remplie,
mais elle va se poursuivre avec activité. Nombreux sont
les édifices construits sous sa direction. Un des plus im-
portants est l'observatoire du Mont-Gros, près de Nice,

observatoire modèle où les dispositions d'ensemble répon-
dent absolument aux nécessités de la science, où chaque
construction a le caractère de sa destination, où le bâti-
ment du grand équatorial surtout porte l'empreinte de la
personnalité de l'artiste.

Au casino de Monte-Carlo, il fit la salle de concerts
qui semble peu de chose auprès du colossal Opéra. Mais
comme Benvenuto mettait son génie dans une bague ou
dans une aiguière, Garnier mit le sien dans ce bijou d'architecture. La façade avec ses deux gracieux belvédères,
précédée d'une ravissante terrasse du côté de la mer, est
tout à fait charmante. Et charmante aussi cette salle où
les moindres motifs de décoration, les moindres détails
ont été étudiés avec un soin qui prouve combien Garnier
attachait d'importance à tout ce qui doit contribuer à
l'unité de l'ensemble. La scène elle-même avait été décorée
avec cette sollicitude que les vrais artistes apportent à
tout ce qu'ils font. Hélas! cette scène amoureusement
caressée, comme le reste, par une imagination passionnée
du beau, Garnier devait avoir, peu avant de mourir, le
grand chagrin de la voir indignement mutiler. Il en conçut
une douleur amère : « Je suis bien vieux, écrit-il à l'auteur du méfait, on pourrait peut-être attendre que je fusse
disparu et me laisser encore un peu de joie à la fin de
ma carrière. » Ce cri d'angoisse ne devait pas être entendu.

Plus loin, sur la route de la Corniche, à la frontière
italienne, dans le beau site de Bordighera, il construisit
plusieurs villas : celle de M. Bischoffsheim, le généreux
fondateur de l'observatoire de Nice, la sienne, « nid d'hiver
pour sa famille », selon l'heureuse expression de notre

spirituel confrère M. Larroumet. L'une décorée de mo-
saïques à fond d'or se détachant sur le blanc éclatant des
murs; l'autre, au contraire toute simple, est agrémentée
seulement d'un élégant campanile d'où la vue s'étend
sur la montagne et sur la mer. Une forêt de palmiers lui
fait une ceinture de verdure; avec d'autres petits nids
ombragés sur des terrasses où les amis, invités à venir
prendre quelques jours de repos, étaient toujours sûrs de
trouver la plus cordiale hospitalité.

Garnier construisit, également à Bordighera, l'hôtel du
Belvédère, l'église et l'école communale.

Dans les Vosges, à Vittel, il fit le casino, les bains,
l'hôtel et l'église.

Dans l'Aisne, à la Capelle, il fit l'église de Sainte-Gri-
monie.

Dans le Nord, à Rosendael, près de Dunkerque, la villa
Sarcey.

Dans Seine-et-Oise, à Dampierre, résidence des ducs
de Luynes, la chapelle sépulcrale de cette famille.

A Paris, ses ouvrages ont de l'importance. Nous cite-
rons tout d'abord le nouveau dépôt des décors de l'Opéra
construit après l'incendie de celui de la rue Richer et
très intéressant complément de sa grande œuvre. C'est
une construction économique à laquelle l'architecte a su
donner un aspect quasi monumental par les grandes dispositions de l'ensemble. Ici plus d'ornements, mais de grandes
lignes, comme il convenait à une construction de ce genre
qui n'est en réalité qu'un magasin et un atelier.

Les panoramas de la rue Saint-Honoré et de l'avenue
Marigny, aménagés depuis, le premier pour un cirque,

le second pour un théâtre d'opérettes, sont de Garnier.

La maison du boulevard Saint-Germain, portant le n° 195, fut construite pour le grand éditeur Hachette. C'est un des premiers exemples de l'aménagement des écuries et des remises sous la cour.

Le Cercle de la Librairie, cette gracieuse construction, soignée comme le riche coffret de livres précieux, est aussi de Garnier.

Enfin, chacun se rappelle cette curieuse « Histoire de l'habitation humaine » exécutée pour l'Exposition universelle de 1889, et traitée dans tous ses détails avec une conscience d'artiste et d'historien bien digne du succès qu'elle obtint.

Garnier, architecte conseil de l'Exposition universelle, fut, à l'inauguration, fait commandeur de la Légion d'honneur.

Nous devons citer encore le monument du général Saget; les tombeaux de Bizet, d'Offenbach, de Victor Massé, de Duprato, de M. Henreaux, à Florence.

Tant de travaux ne suffisaient pas à la prodigieuse activité de votre illustre confrère. A son œuvre d'architecte, il faut ajouter de grandes publications sur l'île d'Égine, le nouvel Opéra, l'observatoire de Nice, l'Histoire de l'habitation humaine (en collaboration avec M. Ammann), les deux charmants volumes intitulés *le Théâtre* et *A travers les Arts,* quantité d'articles de journaux, de revues, d'encyclopédies. Si l'on songe de plus aux innombrables rapports qui lui incombaient comme inspecteur général des Bâtiments civils et des Palais nationaux, et à son énorme correspondance avec toutes les sociétés dont il faisait

partie en France et à l'étranger; si l'on se rappelle qu'il
fut de la commission du Dictionnaire de l'Académie, vice-
président du Conseil général des bâtiments civils, président de la Société centrale des architectes français; président de la Défense mutuelle de la même société; membre
du Conseil supérieur des Beaux-Arts et du Conseil supérieur de l'enseignement de l'École des Beaux-Arts, membre du conseil d'architecture de la ville de Paris, du comité
de la Société des artistes français; si l'on réfléchit qu'il
n'y avait pas de réunions, de banquets, où il ne fût re-
cherché et où il ne prît la parole, on se demande comment
un seul homme put résister au poids d'occupations capa-
bles de fournir matière à plusieurs vies.

Cette notice est bien longue, et, tout occupé de retracer
la carrière de l'artiste, c'est à peine si j'ai touché à
l'homme que, du reste, vous connaissez mieux que moi.
Vous vous rappelez, Messieurs, quel charme avait le com-
merce de cet homme d'esprit qui donnait constamment
l'impression de la plus haute originalité. L'insuffisance de
l'instruction première, écueil des natures communes, avait
été pour Garnier un véritable bienfait. Livrée à elle-même
et libre d'entraves, sa vive intelligence s'était jetée de
bonne heure, avec enivrement, dans les directions les plus
diverses, et, dans tous les domaines, avait conquis le
meilleur avec une rapide aisance. De là, cette variété
d'érudition qui le mettait à même de discuter avec com-
pétence les questions les plus étrangères à son art; de là
cette causerie, nourrie de savoir, échauffée de passion,
qui, au besoin, s'élevait sans effort à l'éloquence. Le mot
n'est pas trop fort, Messieurs; car Garnier orateur pos-

sédait quelques-unes des qualités les plus précieuses. En dépit d'une extrême rapidité de débit qui témoignait de sa simplicité parfaite et du peu de soin qu'il prenait à faire valoir les richesses de sa pensée, il mettait dans ses discours une verve entraînante, un humour, une gaîté qui gagnait l'auditoire et faisait hésiter les plus habiles à prendre la parole après lui, de peur de paraître froids.

Le cœur était, chez votre confrère, à la hauteur de l'esprit. Garnier était bon, vous le savez, de cette bonté sans faiblesse qui inspire autant de respect que d'affection. Tous ceux qui travaillaient sous ses ordres avaient un véritable culte pour leur chef. C'est qu'il les aimait autant qu'il en était aimé lui-même et que sa bienveillance n'était jamais à bout de ressources quand il s'agissait d'être utile à celui qui s'était montré collaborateur intelligent et dévoué.

Nommé commandeur de la Légion d'honneur le 4 mai 1889, il fut promu à la dignité de grand officier en janvier 1896.

Glorieuse, entourée d'honneurs et d'affections, la vieillesse de Charles Garnier aurait pu être heureuse. Hélas! il avait un fils digne de lui, intelligent et bien doué, honoré de récompenses de l'Institut pour ses travaux de géographie, mais dont la santé compromise empoisonna ses derniers jours et sans doute précipita sa fin. Charles Garnier mourut le 3 août 1898, dans la soirée. Son fils Christian ne devait lui survivre qu'un mois.

Mme Garnier, dont le dévouement et la grâce avaient fait la joie de son foyer, perdit ainsi, en peu de jours, ce qu'elle avait de plus cher au monde. Elle demeure la gardienne mélancolique et résignée de la tombe où repose, sous le resplendissement de la gloire, à côté de son fils bien-aimé, celui qui fut un grand artiste et un homme de bien.

Paris. — Typ. de Firmin-Didot et Cⁱᵉ, impr. de l'Institut, rue Jacob, 56. — 37808